Supersberger

Gsund bleibn

Charly & Undine

„Eine gewisse Schwermut durchzieht wie ein roter Faden die Gedichte von Franz Supersberger. Verwurzelt im Land Kärnten, schreibt er über Tradition, Alltag, Einsamkeit, Sein und Schein in seiner Umgebung. Die Gedichte enden bisweilen unerwartet lapidar" (Eurojournal)

Franz Supersberger, 1951 in Ferndorf geboren, lebt in Arnoldstein, Kärnten. Lesungen im Rundfunk. Autor des Blog „schlagloch" : www.schlagloch.at

Buchveröffentlichung
An schean Tog MundArt
Vlg. Books on Demand

Alles Schlagloch TagGedanken
Vlg. Books on Demand

Franz Supersberger

Gsund bleibn

MundArt

Mit einem Nachwort von
Engelbert Obernosterer

ISBN-13: 9783837004731

Herstellung und Verlag:

Books on Demand GmbH, Norderstedt

DOS LEBN A WONDARUNG...

SCHREIBN

Nit fir olle scheinan in
da Nocht de helln Stern,
monche firchtn sich
vur da Dunklheit,
vur da Zukunft,
vur de schlechtn Tram.
Wonns um mi gonz still weard
fong i on zan Schreibn...

ZOMMSITZN

Mit dir im Gostgortn bei

an wocklign Tisch zommsitzn.

Umadum weard da Ane

vom Ondan mit

seina Gschicht daschlogn.

A grelle Blusn übatrifft

de ondare.

Anfoch nur zommsitzn...

BUSSLN

A Hotelzimma

mit gschlossane Vurhäng,

draußn da Autolärm,

harinan om Bodn

zwoa Reisetoschn.

Mei Mund wondat

iba dei Haut, vom Kopf

bis za de Fiaß.

Deine Bussln deckn

mei Gsicht zua,

nehman mir en Otm...

HOND

Mei Lebn is a Wondarung
iba greane Wiesn,
iba Schottaschtroßn
und iba Felsbrockn.
Wonn i hinfoll und ma
weah tua hülft ma
dei Hond ban Aufsteahn.
Wonn i nochts schlecht
tram und woch wear,
leg i mei Hond
in deine...

LIAB II

Von ana Stund zua ondan
is da Kopf von dir
haßer woarn,
da Glonz aus deine Augn
is vaschwundn.
Om Obnd host du
Holsweah und Kopfweah ghobt.
In da Nocht hot mir a
jeda Huasta von dir
weah toan...

GSCHERT

GSCHER

GSCHE

GSCH

GS

G

GEKÜMMERT

VAKÜMMERT

VAJÜNGERT

ENTJUNGFERT

UNGEDULD

I steah voll Ungeduld
vur deina und woart
dos du dei Hond ausstreckst.
Dei Hond konn nemand meahr
ongreifn, weilst vom
Hols weg glähmt bist.
Deine Fiaß san om
Rollstuahl onbundn...

DURSCHT

Da Vota is im Kronkhaus glegn,
mon hot ehrm mit Tablettn
und Spritzn behondlt.
Er hot a leichte Kost zan Essn
und an Tee zan Trinkn kriagt,
den hota nit wolln.
Von Tog zu Tog is ehrm
schlechta gongan,
er hot imma an Durscht ghobt.
Do hon i ehrm a Floschn
Biar brocht...

KRONKNHAUS

Kana geaht freiwillig
ins Kronknhaus, meistens
weard mon durthin gschickt.
Wonn de Tir von da Aufnohme
hinta an zuafollt, is mon
von da ibrign Wölt getrennt.
Ols woas mon ghobt hot,
a Orbat, a Haisl und a Göld
weard wertlos...

GRUND

Da Mensch braucht

an schtorkn Holt,

an festn Grund,

a sichare Zuasog,

ebas worauf mon

sich valossn konn.

A Einlodung di nit

obgsogt weard,

an valässlichn Onruf,

a Hülfe di nit zruckgezogn

weard, ka beilafige

Ontwort, werma schaun...

LEBN

In da Kellagossn
steahn de Tirn
rechts und links offn,
drin sitzn de Leit
bei an Glasl Rotwein
und an Schmolzbroat.
Beim Heurign is guat lustig
sein, do schmeckt dos Lebn.

Om Gemeindeomt sihg i
aufn Tisch Einlodungen
zua an Liedaobnd,
ana Wonderung,
an Bastlkurs und vüles meahr.
Durt liegn a Zettl mit
Vaonstoltungen
fir de zwoate Lebnshälfte.

I drah mi zearst um,

bevur i an mitnihm...

MERDA

Wia da Merda von

an Gendarm auf da Flucht

aschossn woarn is

hot sei Muata gsogt,

jetzan homs ma

mein Buam weggnohman...

HOFT

SESSHOFT

SÜNDHOFT

KÖRPAHOFT

LÜCKNHOFT

KOTZNHOFT

LOCHHOFT

WOHNHOFT

SCHUBHOFT

KRONKHOFT

SCHRECKHOFT

ONGSTHOFT

TUGENDHOFT

ENTLOSSN WEARN

NOCHT

De gonze Nocht sama von
an Steahbeisl zan ondan
gezogn. Ibaroll host wen
gekonnt, vüle hom di gegriaßt.
De gonze Nocht host von nix
ondas gredat, ols wia schean
es bei da Muata und beim
Vota gwesn is, bevur du von
daham furt gongan bist...

WOSSATROPFN

Vur an Joahr san mir zwoa
auf da Wiesn vom Freibod glegn
und i hon de Wossatropfn
von deina Haut ohbusslt.
De Sunn woar noch ban
Untageahn schean.
I hon di vastondn,
a wonn du nix
gsogt host.

Von ana Bonk,
de bei an Wossa
im Schottn steaht traman,
zwoa Schmettaling
tonzn vur meine Augn,
du sitzt nebn mir...

SCHLOF

In da Kuchl dos Liacht
einscholtn, da Tog ziagt
sich hinta de Berg zruck.
Vurn Fensta werfn
de Bama ehrne Schottn.
I bleib woach, bis da Schlof
meine Augn bricht...

HIRWIGN

IRWIGN

RWIGN

WIGN

IGN

GN

N

NÄCHTIGN

KURTAXE

OBND

De Nocht schaut schoan
iban Berg driba, do laft
da Rautaknecht iban laarn
Dorfplotz zum Bohnhof,
er hot sei Sunntogsgwond on.
Er steaht aufn Bohnsteig
und schaut wia a Zug kimmt
und wieda foahrt...

NOCHBOAR II

In da Fruah sitzt
da Nochboar mit seina
Frau in da Kuchl bei
ana Floschn Schnops,
daweil sich de Kinda zan
Schualgeahn zommrichtn...

OLTASHEIM

A schmole Schtroßn
fiahrt auf an Higl iba
da Stoadt zan Oltasheim.
De Eingonstir öffnat
sich automatisch.
De Köpf geahn von da
Zeitung in de Höh,
wonn ba da Tir
a Fremda einakimmt.
Da Herr der zualetzt
zuagezogn is, liegt
im letztn Zimma.

„Se hom a scheans
groaßas Zimma", sogt mon
zan Nochboar za Begriaßung,
daweil da Fernseha laft.

„Woas nutzt a scheans Zimma,

wonn is nemma valossn

konn bis zan Schterbn“,

sogt da Nochboar...

KOTZ

Monche wochsn ols Kinda
mit Viecha auf, de kennan
an Hund, de Kuah,
dos Pferd bevor se zan
lafn onfongan.
Ondre hom mit de Viecha
ka Freid, se wochsn
im Lärm und im Vakehr
von da Stodt auf.
A jeda hot späta vül zan
tuan im Lebn, da Beruf,
de Frau und de Kinda.
Fir sich sölba wüll mon
a bissl Freizeit hobn.

Donn passiert epas,
a liaba Mensch valosst an,

a ondra stirbt oda es
passiert a Unfoll und
mon hot vül Zeit
zan nochdenkn. Do laft an
a Kotz zua und da Olltog
hot a neichs Gsicht...

VERZAUBERN

V

VA

VAZ

VAZA

VAZAW

VAZAWA

VAZAWAN

HEXN VABRENNAN

WER HEIT OM LOND...

DICHTA

A bekonnta Dichta
hot in da Bücharei aus
sein neichn Roman vurglesn.
In da Diskussion hot ana
iban Dichta zan schimpfn
ongfongan,
driba hot mon a Wochn
long gredat...

GORTN

Nebn da Hauptschtroßn
und da Fabrik hom vüle
Familien von de Wohnblöck
ehrn Gemüsegortn.
Im Schottn liagt noch
da Schnea, do san de Erstn
im Gortn und fongan zan
umakrampln on.
Wonn de Tog wärma wearn
san olle im Gortn,
de Jungan und de Oltn,
zan Onsetzn, zan Spüln
und zan Redn.
Dos de Obgase
de Gortnerdn vagiftet,
driba red kana...

BLUMAN

B

BI

BIS

BISC

BISCH

BISCHN

BISSLN

HAISL

A jeda wüll dos sei Haisl
gonz fir sich allan steaht,
draußn im frein Föld,
dafir brauchst a neiche
Schtroßn, gonz fiar ihn allan...

LÄNDADREIECK

Onläßlich da EU-Aweiterung
hom de Politika im Ländadreieck
vül iba de guate Nochboarschoft
zwischn de Stootn gredat.
Es hot a Fest mit Musik,
Tonz und Onsprochn
om Morktplotz gebn.
Vüle Händ san gschüttlt woarn
und olle hom scheane Griaß
ausgrichtat.
Dos Essn und Trinkn
woar fir olle umasunst.
Bei Biar, Wein und
Wirschtl is mon sich gleima
kemman, noch Mittanocht
woar Schluß.

Ols a Kroat om Morktplotz

a Kebabstandl aufspearn wollt,

hom sich olle Nochboarn

dagegn gweahrt...

LÄRM

Rechts und links von
da Autobohn wearn imma
meahr Lärmschutzwänd
aufgstöllt, dos de Autofoahra
nit de lärmgeblogtn
Onrainer sehgn...

VAKEHR

FRÜHVAKEHR

GESCHLECHTSVAKEHR

SCHICHTVAKEHR

SCHIENENERSATZVAKEHR

PARTEINVAKEHR

WERKSVAKEHR

FLUGVAKEHR

NACHTVAKEHR

BUSSVAKEHR

SCHRIFTVAKEHR

SCHIFFSVAKEHR

GRENZVAKEHR

AUTOVAKEHR

VAKEHRSLAWINE STOPPN

MUSI

Vur a poar Tog homs
mittn im Urt a Zelt aufbaut.
Roate Plakate hom zum
Summafest glodn. Om
Somstogobnd san de Madln
und de Buabn in da Trocht
und de Fremdn in kurze Hosn
und Tshirt ins Zelt einegströmt.

Wia de Musi zan spüln
ongfongan hot,
homs in da Umgebung
de Fensta zuagmocht.
Im Zelt hot mon
sein Nochboar nit vastondn...

KIRCHTOG

Im Summa gibts
im Urt an Kirchtog
mit an groaßn Trochtnumzug.
Es weard olleweil schwieriga
wölche zan Mitgeahn zan
bewegn. De Oltn wolln dos
da Brauch und de Trocht
so bleibn wirs woar,
de Jungan wolln
in de Jeans feian...

WIND

A heftiga Windstoaß hot
auf da Kirchtogswiesn de
Plastikbecha und de Poppteller
von de Holztisch obefliagn lossn.
De Leit hom aufgschaut
und zan redn aufgheart.
Iban Berg san schwoarze Wolkn
virakemman, da Wind hot
de Bama aufn Bodn gedruckt.
De Musika hom wieda zan
spüln ongfongan. Wias zan
Regnan ongfongan hot,
san de erstn Leit aufgstondn...

OLLTOG

Jedn Tog klogn de Leit,
es is zua haß oda zua kolt,
de Politika vawurschtln
unsre Steian,
de Auslända nehman uns
de Orbat weg und
de Klogn ibas Übagwicht.
Om Obnd sitz i ban Friedhof,
kan hear i klogn.

De neiche Schtroßn is
feialich aöffnet woarn,
auf de erste Ompl im Urt
san olle stolz gwesn.
De Schtroßntoatn hom
zan Olltog gheart...

RUAH

RUAHBEDÜRFNISS

RUAHPAUSE

RUAHBONK

RUAHURT

RUAHSTÖRUNG

RUAHZEIT

RUAHRAUM

RUAHVAORDNUNG

RUAHPFLICHT

RUAHSTOND

RUAHWOHL

A RUAH IS

ZUKUNFT

Mit an Flugzettl san de
Urtsbewohna zua an
Infomationsobnd iba de
Zukunft vom Urt ins
Kulturhaus einglodn woarn.
Da Betriebsleita wollt a
Zuastimmung zua ana
Müllvabrennung...

RECLAME

Wonn mon heit om Lond
in an Urt einefoahrt,
donn sight mon glei
bei da Urtseinfoahrt dos
haushoche Reclameschüld
vom Supamorkt, erst
späta den Kirchturm.
Im Urtszentrum draht sich
ka Wettahohne om Doch,
auf an Reclamemost draht
sich a Plastiktrogtoschn...

EINKAFN

Mir schimpfn iba de Fabrikn
de dos Wossa und
de Luft vaschmutzn, iba
den Lärm vom Autovakehr,
de Feinstaubbelostung und
iba de ibaflissign Sochn
in da Wohnung.
Om Somstog foahrn mir zan
Einkafn in de Stodt...

KINDA

De Kinda von de Orbataheisln
nebn da Fabrik kriagn
de meistn Schodstoffe ob.
A neicha Fuaßbollplotz is
um a poar zehntausend Euro
baut woarn.
Wonn de Kinda om
neichn Plotz spüln,
wearns davongjogt.

Von da schlechtn Luft san
de Kinda kronk woarn.
Bei de Fochärzt in da Stodt
san se in Behondlung gwesn.
Beim Dokta im Urt hots
kane kronkn Kinda gebn...

SUPAMORKT

Im Supamorkt weard a
Schinkn der hormonfrei is
und a Broat
dos genfrei is vakaft.
Kana woaß wie long noch.
In an jedn Schwammalan
is a bißl Caesium,
a bißl Stronzium...

VALOSSN

A jeda Urt wüll heit
an Gewerbepark.
So wearn auf da
greanan Wiesn Blechhalln
mit groaße Fenstascheibn
hingstöllt und runduma vül
grean zan aussponnan.
De Industrie ziagt
aufs Lond.
In da Stodt hot se ka
greans Fleckl freiglossn.
Durt wochsn aus de
valossanan Fabrikn Grosbischln,
Staudn und da Löwnzohn...

GSUND BLEIBN...

BERG

Ibas Bergtol wölbt
sich a wolknfreia Himml,
de Sunn wärmt dos gonze Tol.
In da Tolstation geaht
da Martin von an Werbeplakat
zan ondan, daweil in
ehrm de Furcht
vurm Liftfoahrn steigt.
De nächste Gondl foahrt
in ana Viertlstund.

In da Gondl suachn sich
de Leit an gutn Plotz,
fir an schean Blick auf de Berg.
Da Martin holtat sich
in ana Eckn on da Stongan
fest und storrt aufn Bodn...

GEDONKN

Seit Togn kreisn
de Gedonkn vom Martin
ums Vurstellungsgespräch.
In da Nocht kemman
de schwarn Gedonkn,
de Händ wearn gonz feicht.

Sich in da Fruah
im worman Bett umdrahn,
nit aufsteahn wolln
und liegn bleibn. Nochamol
epas scheans traman.
Draußn is es kolt und triab...

GFÜHL

Mon sogt von Dir,
wear auf di vatraut hot
auf festn Grund gebaut.
Ka Wind, ka Sturm,
konn doron rüttln. Da
Paul findat kan festn Grund,
er hot gonz wocklige Fiaß,
de Zachn toan sich in de
Schuahsoln festkrolln.
Wonn sich nebn seina
woas bewegt valiert
er sei Gleichgwicht.
Aufn Berg hot er dos
Gfühl ols weard er obestirzn...

LOCHN

Noch ana Wochn Regnwetta
scheint heit de Sunn.
Im Freizeitpark homs
olle lustig, de Groaßn und
de Klan. Monche Leit
lochn ibas gonze Gsicht.
Dazwischn sitzt da Erwin
auf ana Bonk und spirt,
wia de Ongst vur de Leit
im Kopf stärka weard...

WOARTN

In da Fleischobteilung
vom Supamorkt woartn
vüle Leit aufs
bedient wearn,
es steahn zwoa Feiatog
vur da Tir. Dos Woartn
mocht ehrn Erwin Ongst
und er spiart seine Fiaß
schwoach wearn...

HOFFNUNG

Mon sogt von Dir
du bist de Zuflucht fir
de Hoffnungslosn,
wear on die glabt,
dessn Lebn dei sich aufhelln.
A Ongst vur da Zukunft
druckt aufn Paul sei Brust,
er woas nit woher
de Ongst kimmt,
si woar anfoch do.
Monchmol weard ehrm
gonz eng, er kriagt
ka Luft,
dos Broat bleibt
ehrm im Hols steckn...

GSUND

Da Martin hot gsund
glebt, nix graucht,
wenig getrunkn und
sich biologisch anährt.
Beim Spurtln hot mon
ehrn a öfta gsehgn.
Da Mognkrebs hot
sein gsundn Lebn
a End gmocht...

BOD

KURBOD

BEWEGUNGSBOD

SCHWEFLBOD

ERLEBNISBOD

GESICHTSBOD

SCHWIMMBOD

MOORBOD

FREIBOD

WANNENBOD

THERMALBOD

HEUBOD

BRAUSEBOD

BLUTBOD

BODN BELEBT

MENSCH

Es weard oft gfrogt
woas is a Mensch,
wo kimmta her,
wo geahta hin.
Woas gschiacht mit
seine Gedonkn,
wonna stirbt.
Vüle Frogn, de mon
nit olle beontwortn konn...

LIACHT

Mon sogt von Dir
du bist dos Liacht
fir dera Wölt,
es gibt ka Haisl,
ka Stubn, ka Herz, wo
dei Liacht nit hinkemmat.
In Paul sei Haisl steaht on
da Schtroßn, do konn
a jeda zuawefoahrn.
Des Stubnfensta is imma
offn, sunst tata on
seine Gedonkn astickn.
Sei Herz schlogt schnöll,
dos es a ondre hearn,
es is finsta in ehrm...

FURTFOAHRN

In ana Wochn geahts
zu ana Kulturreise noch
Florenz und in de Toskana.
Im Reisefihra hot da Erwin
schoan vül scheans glesn.
Er freit sich schoan drauf
und hot Ongst vurm
Furtfoahrn...

ZUALOSSN

Wonn de Schmerzn im Kreiz
ka gache Bewegung zualossn,
da Schmerz wia a Blitz
in Schädl aufeschiaßt,
do woas i monchmol vur lauta
Wut nit, woas i mochn soll.
I hon a Wut auf de Jungan,
de gsund und schean
daherkemman,
i fong mitn liabn Gott
zan schimpf on. I frog ehrn,
warum grod i so a Leidn hob.
In an Gostgortn sigh i an
im Rollstuahl sitzn...

SUNNTOG

Mit dir im Fruhjoahr on

an worman Sunntog

auf ana Wiesn glegn,

wo du ma dazöhlst

wo im Summa mei Plotz

in dein Gortn sein weard.

Do is ma de groaße Wiesn liaba...

WEHRN

EHRN

ENTEHRN

BEEHRN

WEHRN

W

WI

WIH

WIHR

WIHRN

ERWIRGN

NOAT

Mon sogt von Dir
du bist da Hölfa
in da Noat. Du deist
an jedn kennan,
ka Leid, ka Schmerz,
bleibt vur Dir vaborgn.
Wia hot da Paul mitn
Gedonkn sich vom Balkon
obestirzn ausn Zimma
ausegeahn kennan...

TRAM

Nit jeda Tram in
da Nocht is schean.
Monche san in da Fruah
wieda vagessn, ondre
weard mon nit soglei los,
se vafolgn an iban gonzn Tog.
In monche Tram schreit
mon um Hülfe,
kana hülft und mon
weard munta.
Wer schrein konn is guat dron,
schlimm is es fir de,
de kan Ton ausabringan...

WINTA

Im Winta erstorrt dos
Lebn in da Natur,
iba olls legt sich a Schicht
Schnea, de Bachlan
und Teich san zuagfron.
A ban Mensch konns
Winta wearn,
dos Gmiat konn zuagfriern,
iba de Gedonkn legt sich a Nebl.
Dafir muaß es draussn
nit kolt sein,
mon muaß nit olt sein...

BUDE

In da Fruah kimm i
eine in de Bude, lahnt
da Masta ba da Tir,
sogt guatn Morgn,
heit kemmans spoat.
Wüll i dem Nochboar
epas sogn, konn i ma
in Hols ausplärrn.
Moch i des Maul auf,
tuat da Stab
den Mogn vaderbn.

Steah i ba da Maschin
schöpf i eine wia a Wülda,
dos i auf mei Pensum kimm.
Tua i so weita,
moach i mi selba hin.

Wüll i aufs Häusl geahn

muaß i in Masta frogn,

kumm i ba da Orbat nit zrecht,

homs mi glei beim Krogn...

ZUASTÄND

Heast, wo kemma do hin,
wonn de valetztn Flichtlinge
a Bett im Kronknzimma kriagn,
de eiganan Leit oba om
Spittolsgong liegn miaßn...

OETLANE

ETLANE

TLANE

LANE

ANE

NE

E

E KANE

AMOL IM JOAHR...

NOAR

Er is a Brava und a Fleißiga,
muckst nit auf,
geaht noch da Orbat
ham, trinkt sei Biar und
draht in Fernseha auf.
Amol im Joahr
wearda zan Noar.

Wechslt sein Huat
gegn a Melone,
setzt sich a Nosn
mit Brilln auf,
dos is a Gaude,
geaht maskiert
aufn Sängaball.
Amol im Joahr
wearda zan Noar.

Sunst is a bsinnlich
und ruhig, heit is a
lustig und ibamirtig, tuat
fröhlich und gsellig.
Busslt Madln ob
de a nit kennt,
redat mitn Onkl und
da Tante, de a gestan
noch ausgrichtat hot.
Amol im Joahr
wearda zan Noar...

FRUHJOAHR II

De schwarn Gedonkn
in da worman Kuchl lossn,
den Montl und de Hondschuah
im Kleidaschronk.
A neichs Hemd onziagn und on
da Gail spaziern geahn...

DORA

D

DU

DUR

DURE

DUR

DU

DU HURE

DURE

URLAUB

Heit weard vül vom
Urlaub gredat.
Schoan de Kinda wearn
noch de Ferian gfrogt
wo se auf Urlaub gwesn
san. Monche woarn schoan
in Ägyptn oda in da Tirkei,
oba noch nia om Faakasee.
Vüle Leit kennan
sich kan Urlaub leistn...

BODKASSA

In da Rentn hot da
Rautavota im Summa
firs Strondbod
den Eintritt kassiert.
Er hot sei von da Orbat
zafurchts Gsicht
zua an Lächln von
an Modl vazogn.
Er hot mit de Gäst
hochdeitsch gredat...

FEIA

A lauworma Obnd im Summa,
om Dorfplotz gibts a Fest.
Foarbige Glühlompn,
groaße Lampions,
spanische Tonzmusik.
De Jungan und de Oltn
sitzn heit enga zomman.
Da Martin steaht om Rond
vom Dorfplotz und raft
mit seina Ongst vurm
Zuawegeahn...

ZEIT

Firn Urlaub hot mon sich
vül vurgnomman,
a gemeinsome Wondarung,
vül Zeit um mitanond
zan Redn und zan Tonzn.
Monchmol is mon froah,
wonn im Urlaub
ka Streit ausbricht...

OLLAHEILIGN

Zua Ollaheilign hots
ba da Gräbasegnung
so stoark gregnat,
dos olle froah gwesn
san, wias vurbei woar.
Wonn ana zruck
kammat und
uns dazöhln würd
wias dribn is...

WEITAGEAHN

Ka Wolkn weit
und brat, a blaua Himml.
De Sunn scheint auf
de Gräba, a woarme Luft
streicht iban Friedhof,
a scheans Ollaheilignwetta.

Vom Friedhofseingong
fiahrt a schmola Weg zan
Grob von Paul sein Onkl.
Ibaroll steahn de Leit
und schaun an jedn
on der daherkimmt.
Ehrn Paul pockt de Ongst
vurm Einegeahn...

ZUAWOCHSN

Im letztn Winta
hot mon in de Norichtn
zwanzg mol om Tog
gheart, dos es
sovül Schnea gibt wia
seit fuchzg Joahr nema.
Dos ane und ondre
Flochdoch is eingstirzt,
in de Schtroßn san nochn
Winta ibaroll Schloglöcha gwesn.
Woartn, dos de Schloglöcha
zuawochsn...

STILLE NOCHT

24.
Heite
Gschenke
I bin nit bled
Festtogspreise
Weihnocht om Meer
Möbelix kost fost nix
Do schleppt jeda wos ob
Mehr untam Christbam
Weihnochtsschlußvakauf
Leise rieseln Treuepunkte
Schenkn Se woas alaubt is
Do staunt da Weihnochtsmonn
Weihnochtsgriaß vom Christkind
Stille
Nocht
Heilige
Nocht
Olls schloft

WEIHNOCHT III

Mit da Besinnlichkeit is es
zua Weihnochtszeit vurbei.
Im Dorf und in da Stodt heart
mon de Weihnochtsmusi
bis auf de Schtroßn.
Im Einkafscenta tuat da
Weihnochtsmonn de Gschenke
vakafn. Mir lafn von an Gschäft
zan nächstn, es konn goar
nit schnöll gnua geahn.
Om liabstn tatma
mitn Auto bei Roat iba
de Kreizung foahrn.
Do schiabsn an
Rollstuahl iban Zebrastreifn...

O TONNENBAM

-24%

Olls do

Umsunst

Se sporn

Jezan kafn

Feste feian

Olls aus Liab

Supa Ongebote

Jubiläumspreise

Mehr fir dos Göld

Da bore Wohnsinn

Rundharum Gschenke

Jezan

Sufurt

Olls

O Tonnenbam

WEIHNOCHTSZEIT

In da Weihnochtszeit is es
Brauch in de Rorate zan geahn,
des Bochn vom Kletznbroat
und da Bsuch vom Nikolo
und Krampus.
Es kemman de Klöckla,
da Gong zua da Christmettn
und de Kinda geahn Schappn.
A neicha Brauch is
dos Suachn nochn Sinn
von de Weihnochtn...

Tonnenzopfn

T

Ts

Tsc

Tsch

Tschi

Tschir

Tschirt

Tschirts

Tschirtsc

Tschirtsch

Tschirtschn

O Tonnenbam

CHRISTKINDL

Da Kultursool woar
schean hergrichtat,
om Adventkronz hom
vier Kerzn gebronnt.
De Musika, de Sänga und
da Sprecha san schoan
auf da Bühne gstondn.
De Gemeindevatreta
und de hoche Geistlichkeit
woarn a do.
De frein Stihl woarn
olle resaviert,
fiars Christkindl woar
ka Plotz meahr frei...

GEBURTSTOG

Zua Sülvesta hot mon
in Sektlaune
von da Feia fir mein
rundn Geburtstog im
neichn Joahr gredat.
Im neichn Joahr hon i
de Gedonkn on mein
Geburtstog vadrängt.
Kurz vur mein Geburtstog
bin i noch Bad Schönau
gfoahrn...

SÜLVESTA

Bei da Holbzeit im Lebn

is moncha om Gipfl obn,

ondre san weita untn

und anige san vom

Weg obgedrängt woarn.

Zua Sülvesta fircht i,

dos des neiche Joahr

a wieda so schnöll

vageaht wia dos Olte...

Nachwort

Ein Marktflecken in der Nähe der
Autobahn. Immer schöner wird er,
immer sauberer und komfortabler,
in seinem Äußeren. Von dem, was
hinter den blumengeschmückten, in
lebensfrohen Farben gestrichenen
Fassaden sich zuträgt spricht man
nicht, das gibt es optisch und im
öffentlichen Bewusstsein nicht.
Wohl aber in den Gedichten von
Franz Supersberger, dem auf-
merksamen Flurwärter. Er nimmt
die Vorblendungen nicht als das,
wofür sie sich selber ausgeben. Mit
ruhiger Bestimmtheit skizziert er die
Front zwischen dem inszenierten
schönen Schein des
Fortschrittlichen und dem, was
davon verdrängt und erstickt wird.

Es käme auch nicht zur Sprache, würde nicht ein listiger Sprachbehorcher gewisse Fehlleistungen der glatten Alltagssprache selber sprechen lassen.

Die Gefährdung des Ursprünglichen und Organischen in der Landschaft und im Ortsbild betrifft den Beobachter wohl deswegen so sehr, weil sie sich im Persönlichen fortsetzt, wo immer wieder die zaghaften Keime von Beziehungen aufkommen, aber sofort wieder von den Mächten der Gefühlsindustrie in den Schatten gestellt werden. Während sich die Traumhochzeiten und Prinzessinnentränen in Auflagenzahlen umsetzen, bleibt da einer schön auf dem Boden und vermeidet es, mehr als einen Zipfel seiner Gefühle zu zeigen.

Seine Beziehung zu Landschaft, Pflanzen und Tieren ist eine brüderliche, aber keineswegs schwärmerische, wie auch die Verbundenheit mit Menschen ohne Pathos, dafür aber von Dauer und Tiefe ist. Für seine schlichten Prosaskizzen bedient sich der engagierte Autor des Dialekts, eines nicht mit Urigkeit protzenden, selbstverliebten, wie er bei anderen Dialektautoren bisweilen zur Aufplusterung regionalen Stolzes herhalten muss. Seine abgeschliffene Mudart stammt von Menschen einer Ortschaft an der Autobahn. In ihrer Schnörkellosigkeit kommt uns bereits etwas von den Folgen von Verkehr und dem Abschliff durch die Medien entgegen. Supersberger hat das Ohr an der Stelle, wo die Tatsachen in Laute und Wörter übergehen und der Leser spürt, der Autor traut eher den ersten, den noch nicht geschönten Lauten als den späteren, wie etwa den Schlagwörtern der politischen Weichensteller.

In Franz Supersberger hat nicht nur Kärnten einen Beobachter mit scharfem Blick und der Fähigkeit, das Wesentliche zu kurzen Texten zu verdichten, seine kleinen Studien stehen für einen größeren, jeden einzelnen betreffenden Umbruch.

Engelbert Obernosterer

INHALT

DOS LEBN A WONDARUNG

WER HEIT OM LOND

GSUND BLEIBN

AMOL IM JOAHR